KB115578

갈 곳을 향하여

끊임없이

끝없이

갈 곳을 향하여 끊임없이 끝없이

발행일   2017년 10월 30일

지은이   김 장 기
펴낸이   손 형 국
펴낸곳   (주)북랩
편집인   선일영   편집   이종무, 권혁신, 최예은
디자인   이현수, 김민하, 한수희, 김윤주   제작   박기성, 황동현, 구성우
마케팅   김회란, 박진관
출판등록   2004. 12. 1(제2012-000051호)
주소   서울시 금천구 가산디지털 1로 168, 우림라이온스밸리 B동 B113, 114호
홈페이지   www.book.co.kr
전화번호   (02)2026-5777   팩스   (02)2026-5747

ISBN   979-11-5987-839-8 03810 (종이책)   979-11-5987-840-4 05810 (전자책)

(주)북랩 성공출판의 파트너
북랩 홈페이지와 패밀리 사이트에서 다양한 출판 솔루션을 만나 보세요!
홈페이지 book.co.kr **블로그** blog.naver.com/essaybook **원고모집** book@book.co.kr

김 장 기
시 집

갈 곳을 향하여

끊임없이
끝없이

북랩 book Lab

보이는 것이 다일까요? 그렇지는 않을 것입니다. 오히
려 보이는 것은 가시화 또는 피상적인 현실일 뿐이고
보이지 않는 상상과 영혼의 세계가 생의 가치를 재발견
하는 기쁨이 될 것입니다.

어느 날 이미 선택된 이후였습니다. 현실 세계에선
희망을 발견하기 어려웠지만, 그래도 더 이상 희망이 보
이지 않아도 품고 느끼며 살아가고자 했습니다. 우리
는 이 땅 위에 살고 있어도, 또한 희망을 찾고 누리며
기뻐해야만 하는 존재들입니다.

아주 오랫동안 방황도 했습니다. 그러나 눈에 보이는
현실 세계가 아닌, 현실 너머에서 희망을 찾아야만 했
습니다. 내가 본 현실 세계에선 진리를 외치는 경우가
많았지만, 완전히 번지수가 달랐습니다. 진리의 번지수
는 현실 세계 너머였습니다.

그것은 진리인 줄 믿었던 경험 속의 현실 세계가 아
닌, 눈 밖에서 작동하던 감추어진 세계였습니다.

그러나 많은 사람들은 현실 속에 갇혀 있고 현실 세계에서만 진리를 찾으며 살아갑니다. 끝내 현실 세계를 저버릴 수 없는 이유이기도 했습니다. 하지만 우리는 눈에 보이는 현실 세계에 갇혀 살아가고 있어도, 희망은 눈 밖의 감추어진 세계에서 찾아야만 합니다.

달샘

| 차례 |

제1부
낡은 감정 속의 풍경

제2부

생존경쟁의 협주곡

제3부
현실 세계를 넘어

제1부

낡은 감정 속의 풍경

갯벌

돌과 모래와 흙과 짠물이
엉키고 설켜
서로를 감싸 안으며 풀어놓던
넉넉한 바다의 인심

썰물이 떠밀려가면
허리 숙인 아낙네의 호미질은
숨 가쁘게 갯벌을 파헤치던
힘찬 포크레인의 바가지 질

잠시 쉴 틈도 없다며
이 돌 저 돌을 쑤시고
곳곳을 캐며 훑고 지나가야
밥상 위에 오르던 갯벌 인심

한 번쯤은 넉넉히 쉬어도 좋으련만
밤낮 한두 번씩은 꼬박
허리를 숙이고 숙여야지만
배고픈 아이들 허기가 쉰다.

할배 넷이서

기차를 타고
나들이를 하던 할배 넷
둘씩 둘씩
서로 짝꿍이 되어 마주 보며 앉았다.

제각각
최신 폰을 손에 들고
넷이서
성능 자랑하던 중에

미숙한 조작 솜씨에 눌려 버린
한낮의 기상 벨 소리
음매 음매~
꼬끼오 꼬끼오~
새벽 동물들의 환호하던 함성 소리

손에 든 핸드폰은
한낮의 갤럭시 폰인데
서툰 조작 솜씨는
새벽 아침의 기상 벨 소리

넷이서 말없이 점잖게나 갈 걸
잘난 척은 왜 했는지
정오의 기상 벨 소리에 놀랐다며
옆자리 할매보다 건너편 청춘들이 웃는다.

속내

한강대교를 건너
강변북로를 걷다 보면

강남으로 시집간 달이를 생각하며
어디까지 걸어갈 수 있는지
동작대교
반포대교
한참을 걷다 보면
그녀 생각은 손톱만큼도 없이
땀만 비 오듯이 흘러내린다.

하지만
한강을 거슬러 올라가다 보면
강변에서 유랑하던
강태공들의 시간 넋두리가
역풍을 타고 일렁이고

검은 피부의 덩치 큰 아줌마와
얼굴 형체를 알아보기 힘든

검댕이 아저씨의 체력 훈련장

날렵한 사이클 페달을 밟던
노년의 옹골진 근육 덩어리
고구마만큼 묵직한
종아리 단지의 씰룩거림

그리고 낯선 갈매기 한 마리
김포 아라리 뱃길에서나 놀지
잠수교까지는 왜 날아왔는지

어떤 놈팽이를 따라 왔는지
야릇한 그 속내를 알 수가 없어도

나도 여의도에서나 놀지
한남대교까지는 왜 걸어 왔는지
그 속내를 알 수가 없다.

해남 할매의 시샘

한남역 부근 산헤드린 식당에는
아침부터 저녁까지
줄곧 함께 일하던 할매들 셋이
마감 시간만 다가오면
똘똘 뭉쳐 편 가르기를 한다.

왕초 할매는 전라도 출생의 칠십 대쯤 엿보이고
그리고 쫄병 할매 둘은
날 보고 "어디메서 왔시유?" 하는 말투가
한때 충청도 어디메쯤 살았는가 보다.

모두들 집으로 돌아간 마감 시간의 터널
피곤함을 잊기 위해 탁자 위에 놓인 참이슬 한 병
이웃집 부동산 할배 불러 술 한 잔씩 나눌 때에
당구공 꼽사리 끼듯
충청 할매 둘 사이에 끼워버린 그 할배

눈 꼴 사나운 듯이 왕초 할매의 빗장걸이 땡깡은
댕기 머리 처녀 때의 해남 발음 곱씹으며
"찬물도 위아래가 있능기라" 카며

늙었어도 질투에 눈먼 밴댕이 시샘은
고향 어디메쯤 뱃살 풍기며 잘 산다던
갑돌이 할배가 물씬 그리웠는가 보다.

이상기후

여름 같은 초봄 날씨가 밀려오면
이삼일 만에 핀 꽃 봉우리들이
계절을 잃어버린 채 활짝 웃는다.

몇 개월 누려야만 했을 봄의 정감은
봄인지 여름인지 뚜렷한 계절감도 없이
실컷 꽃잎부터 떨구며
이른 여름 물놀이 축제를 열고

야릇한 속내의에 목도리
두툼한 외투까지
겹겹이 걸쳐 입었던
삼한사온三寒四溫의 꽃샘추위는
반소매 차림의 여름 행보를 내디디고

내가 한평생 머물며 살았던 이곳도
오늘은 육지인지 바다인지
내일은 북쪽인지 남쪽인지
이상기후 현상으로 매번 깜빡거리면
치매에 걸린 계절 나들이는

봄이 없는 여름과
가을이 없는 겨울을 보내며
사계절을 살아간다.

화장

붉은 댕기 머런 아니어도
가끔 열차 칸에 앉아
볼 터치를 하던
낯선 아가씨의 색깔 향취들

분명 발그레한 얼굴빛으로
누군가를 만나러 가는 길
또는 백년해로의 인연을 잇기 위해
들뜬 마음에 이 길을 가는 것이라고

슬그머니 두 눈을 감고
상상 속 윤곽만을 뿌옇게 바라보며
민낯의 얼굴 위로 그려나간
그녀의 긴 노동 얼굴빛 채색 작업

황급히 손거울 속에 비친
이리저리 탈색된 분칠 자국들
또는 지워지거나 굳어버린
원판의 분칠 위로 덧칠하며

물 건너 한류 열풍을 타고
서해를 건너왔다던
압구정 유커*들의 성형 수술도
쪼개고 자르고 꿰매던
설계된 수술대 위의
양귀비 얼굴은 아니어도

또한 조선 양반들의 애간장을 태우던
황진이의 맵시 고운 얼굴빛은 아니어도
내 님 앞에 부끄럽게 서 있을 때에
마음씨 고운 홍련이가 되고 싶은 듯이
붉은 앵두 입술을 한가득 물었는가 보다.

---

* 중국 관광객을 칭함

은행나무 숲

푸른 하늘을 맴돌던
늦가을 햇살이
금빛 정감을 싣고 내려와
은행잎에 앉았다.

원경부터
짙은 향수를 흩뿌리며
화폭에 수를 놓던
은행나무 숲의 금빛 정감들

근경까지
넓은 공터를 점령하던
늦가을 금빛 물결들
한 폭의 그리움을 싣고

가을 향수에 취한 내 마음은
금빛 정감을 타고 흐르며
오후 내내 황홀감에 빠져
은행나무 숲을 돌고 또 돌았다.

정감

강 건너 산기슭 밑
외딴집의 반딧불 광채
밤이 깊어갈수록
초롱초롱 빛나던 별빛 하나

물오른 뽀얀 속살
나그네의 정이 그리워
밤이 깊어갈수록
반짝반짝 빛나던 별빛 하나

가을밤이
깊어 가면 갈수록
그리움이 물든 별빛은
더욱 빛난다.

길잡이

밴을 몰고 당돌하게 나타난 그녀는
허스키한 목소리를 지닌
로마의 가이드였다.

단 하나 마음속의 조건 때문에
모국어가 한글이라는 동질성만으로
낯선 로마의 거리마다
재생 기억장치를 되돌리며
시공간을 넘나들던 길잡이가 되었다.

낡은 대리석의 진한 길 향기를 풍기며
바람처럼 거리 곳곳을 떠돌며
목 메인 모국어를 하나둘씩 풀어내며
눈가의 그리움을 삭혔는가 보다.

또다시 모국어가 그리워질 때면
기억의 제한된 재생 분량을 돌이키며
해묵은 그리움을 늘려만 갈 것이다.

염색

사계절 내내
머리 위로
흰서리들이 폭설같이 내린다.

지나간 세월들이
머리 위로 한 움큼씩
쌓이고 쌓이면

내 머리는
사계절 녹지 않는
백두의 만년설이 되고

나는 가끔씩
젊어지기 위해
검은 머리 마술을 걸고

늙으면 늙을수록
당연히
젊어지고 싶은 것이라며

타임머신을 타고 한세월 건너
검은 머리를 휘날리며
신촌 사거리를 걷는다.

공갈 빵

쾌속질주의 열차 칸에
소꿉놀이를 즐기던
외할머니의 넉살
요란을 떨던 외손주를 보며
"뱀이다. 뱀~"

창밖을 두리번거리던
호기심의 어린 눈동자
"저기 지나갔어."
"벌써~ 휴…."

아쉬운 눈빛이 뒤섞일 때
멋쩍은 공갈 빵 외할머니
또다시 터널을 지나가면
"도깨비 나온다!"
"어디? 휴…."

외할머니는
익살스러운 뻥쟁이 할멈
얼굴 주름 위에 쌓인 넉살들이
한동안 놀이 친구가 되었다.

길손 배웅

추석 연휴 기간이 끝날 때 즈음
원주 고속버스터미널에는
또다시 길 떠나는 이와
보내는 이의 마음들이 모이며

출발지 시간의 정점에서
부릉거리던 엔진 소리가
끝없이 허공을 향하여
헤어짐의 이별 시점을 재촉하면

서울 가는 동부고속버스 안팎에서는

옆자리 좌측 창가에선
새파란 삼십 대쯤 젊은 부부가
길손이 되어 남편을 떠나보내고

건너편 우측 창가에선
환갑이 지난 육십 대쯤 노부부가
어여쁜 이십 대의 막내딸을 떠나보내며

서로를 향하여 부채 모양의 둥근 손을
좌우로 길게 길게만 흔들며
잘 가고 잘 있으라는
헤어짐의 이별 신호를 보낸다.

달콤했던 긴 연휴 기간의 인연들이
끝내 아쉬웠는지
한가위 보름달도
둥근 손을 흔들며 길손들을 보낸다.

마을버스

어스름 곁에 머물며
한참을 기웃거리다가

늙은 할미의 굽이진 허리 짝도
거한 중년 사내의 술 냄새도
젊은 아가씨의 날 선 구둣발도

한껏 싣고
또 싣고서야

되돌아올 줄 알면서도
온종일 골목길을
돌고 돌던 회전목마

길목마다 한 구비씩
세우고 또 내리며

앞뒤로 한걸음씩
내리고 또 태우던
신길동 동네 사람들

길목마다 벨이 울리면
백열등 불빛들이
집집마다 실눈을 뜬다.

인품

바싹 메마른 줄기
쭈글쭈글 겉껍질

몸은 늙고 늙어
볼품없어도

꽉 찬 속 사람의
무르익은 성품들

지나온 세월 품은
늦가을 정감이구나.

모녀

두 여자가
산 세월이 많이 달랐어도
허물없이 즐긴다.

둘 중의 하나는

몸짓이 크고 작아도
성격이 얌전하고 까불어도
주름살이 있고 없어도

서로 낯선 경계심이나
살벌한 질투심은 없다.

한참 눈여겨보니
마음을 주고받던 눈매가
서로를 많이 닮았다.

딸 사랑

딸 하나 딸 둘
다 커버린
아가씨가 되었어.

등산길 쫑쫑
뒤따르던
옛일이 그립네.

막둥이의 노래

떴다 떴다 비행기
날아라 날아라
높이 높이 날아라 우리 비행기

목청껏 부르던 노랫소리
비행기는 그냥 나는 거라며
핏대를 세우던 막둥이

날으는 게 비행기야.
달리는 게 자동차야.
걸으는 게 망아지야.
움직이는 것은 빵빵이라며

네 살배기 막둥이도
목청에 힘줄이 생겼다.

부부싸움

종종 있었던 일처럼
둘 다 큰소리를 치기만 할 뿐
서로 대들다가 마주 보며
싱겁게 웃는다.

술에 취하면 취할수록
살며시 꼬리 내리던 남편
용서의 늪을 향해
질주하던 침묵의 몸 시위

때를 기다렸다는 듯이
술안주를 떠먹이던 아내
힘껏 핀잔을 쏟아 붓던
퍼붓기의 한판승

종종 있었던 일처럼
한 상 가득 쌓여 있던
산해진미는
그새 어디로 다 도망갔노.

꼬부랑 할매

녹이 슨 허리춤이
활등처럼 휘었다.

꺾쇠를 닮은 반 등신은
무게 탓인지
세월 탓인지
낡은 지팡이 위에 올려놓았다.

겨우 남은 것은
생生의 공간에서
가냘프게 호흡하며
끝날까지 버텨내야만 할 자투리 여백

긴 세월을 이겨낸 허리춤은
살아온 탓인지
버텨낸 탓인지
시간이 흘러갈수록
땅으로만 간다.

해바라기 1

붉은 태양이
얼굴을 내밀었다.

그런 줄도 모르고
스쳐 지나가면

담장 옆에 서 있던
키쟁이였다.

해바라기 2

키 높이
구두를 신은
너는

눈부신
태양이었다.

제2부

생존경쟁의 협주곡

놈者

아흔을 넘기셨던
할머니는 평생 동안

뭔 놈의 개가
밥을 안 처먹 노

뭔 놈의 비가
지랄스럽게 내리 노

뭔 놈의 날씨가
왜 이리 춥 노

말끝마다
놈놈놈者者者

많이 배운 것은
없어도
모든 것을
사람으로 보셨다.

펫 푸드Pet Food

빌딩 위의 고층 광고판에 애완용 음식광고가
눈부시게 펼쳐지고

길을 지나가던 오십 대쯤 아저씨는 간신히
언어 해독 이후 "개밥 광고네"라고 한다.

뒤따라 퇴근길을 걸어가던
이십 대 후반의 아가씨 셋은
약속이나 한 듯이 검붉은 눈매를 흘기며
집에 두고 온 말티즈 밥부터 걱정하고

잠시 술에 취한 듯
망설임 없이 떠들던 아저씨는
한 그릇 몸보신이 땡기는지
혀끝에 개밥을 올려놓고 군침을 삼킨다.

가을바람이 불기 시작하던 날,
펫 푸드Pet Food에 이끌린 아저씨와 아가씨는
서로 다른 세계에서 살아왔는지
누구는 개밥 보며 애지중지하며

누구는 개밥 보며 몸보신 생각하고

같은 퇴근길을 걸어가며
같은 것을 보고만 있어도
살아온 세월만큼 동떨어져서
다른 생각을 품고 살아가고만 있는가 보다.

해외출장

뚜벅뚜벅 대륙을 걷던 여행용 가방 소리
밤새 공간 이동의 봇짐을 싣고
새벽부터 어딘가로 날아가고 싶길래
들뜬 마음에 보딩boarding을 기다리던
낯선 경유지의 줄서기 시간들

어둠을 뚫고 대기권을 벗어나
먼 우주로 날아가진 않을 텐데

거미줄처럼 촘촘히 이어진 하늘 길
힘껏 땅을 박차고 떠오르며
대양과 대륙 너머
이국땅을 오고 갈 것을 알면서도

푸른 하늘 위를 날아가던
대한항공의 엔진 소리는
지나간 길 위로
가늘고 긴 흰 줄을 남긴다.

적개심

잇기 힘든 분노가
마음 속 깊이 일어나면
토막난 순대처럼
내장을 끊어내며 운다.

국밥집

분주한 주인의 몸놀림이
일렁거린다.
시장통 어귀에 자리 잡은
전주 콩나물 국밥집

밥 때가 되면
이곳저곳에서
입맛을 다지며 식당 문을 들어서던
배고픈 사람들

앞 다투어 쏟아지던 주문행렬들
자리다툼이 긴 기다림을 만들고
터가 좋은 것인지
맛이 좋은 것인지
입맛을 부추기며
한 아름씩 밀려 나오던 텅 빈 그릇들

우두커니 줄을 서서 기다리던
배고픈 사람들을 뒤로하고
야속하게도
계산대로 뒤돌아서던 날렵한 주인의 발걸음

조금은 어설프게
돈 맛에 뒷짐을 지고
허기진 돈 통을 가득 채운다.

저기 식탁 너머
안경 쓴 노인의 배꼽들이
주름진 뱃살을 내밀며
이미 가득 찬 미소가 되어 껄껄 웃는다.

돈 맛에 끼니도 잊고
주인의 발걸음도 한 아름씩 웃는다.

헐떡거려야 할 이유

나는 토요일 아침마다
헐떡거리며 걷는 산행길이 있다.

칠 년을 근처에 머물고 살았지만
도심 속 까막눈이 되어 세월만 축내었고
반 년 전에 감추어진 보물을 발견했다.

토요일 선잠을 깨면
산뜻한 하늘과 공기, 새소리가 그리워
작은 봇짐에 커피와 방석을 넣고
용마산 산길을 오른다.

또 다른 세상으로 들어선 감동은
잃어버린 것을 되찾은 기쁨도 되고
때 묻은 마음을 씻는 정갈함도 되고
우연히 만나는 즐거운 인연도 되고
그리움이 모두 그 품에 안긴다.

저기 보이는 눈 아래의 세상으로
뭇사람들 품으로 되돌아갈 때면

간이 벤치에 앉아 말없이 굳은 표정으로
냉혹하게 살아갈 날을 다짐해 본다.

왜 그러는지
하나님 사랑도 이웃사랑도
모두 잃어버린 것만 같은
저기 산 아래 세상 속의 차가운 눈빛들
멈칫거리며 선뜻 돌아가지 못하는
묵직한 이유를 알 수 있을 때까지
헐떡거림은 계속될 것만 같다.

스팸 메일

그것도 주제넘게 연애편지라고
매일 거르지 못하면 날품팔이가 되어
뿌옇게 날아와 쌓이던 오염 더미들

부끄러움에 하나를 지우고 나면
또 하나가 날아와 자리를 잡고
번거롭고 지겨워 내버려 두면
메일 박스Box에 쌓이고 쌓이던
의미 없는 광고용 전단 더미들

전자우편
게시판
쪽지기능
문자메시지
노출된 아이디ID마다
쏟아지던 탄식 소리

가끔 방심하면
허를 찔린 채
벌거숭이 그녀도 날아와
섬뜩하게 음란도 부른다.

채용 시험

문득 이래도 되는 거냐고
하나님께 물으며
대들고 싶었던 날 선 시위

매번 채용 공고가 나와도
이유도 모르고 떨어지는 것이
가혹한 현실인 것처럼

제대로 인생을 책임지지도
못하던 응시원서들
또는 비굴한 자기소개서들

매번 이곳저곳 기웃거리며
허공에 날려버린 인지세도
광기가 되어 울부짖고

요 모양으로 사는 것이 현실이라며
채용 갑질에 주눅이 든
청춘남녀의 이별 소동

오늘도 서슬 퍼런 면접관들
역겨운 질문에 한 가지씩 응답하며
한동안 쫄았던 핏멍든 가슴을 편다.

개인 정보

당신이 사인하면
그 순간에
너도 나도 다 보는
동네 게시판 된다.

거짓말

롯데 백화점엘 가면 .
40% 폭탄세일

현대 백화점엘 가면
50% 폭탄세일

아이파크엘 가면
60% 폭탄세일

백화점마다
돈줄이 궁한 탓인지

계절이 바뀔 때가 되면
그때마다 거짓말한다.

옥외 광고판

화면마다
사람도 번쩍

장면마다
물건도 번쩍

손짓 발짓 발광 속엔
유혹만 한가득

사치심을 자극하던
명품만 한가득

시험

죽을 맛이 되어야만 통과하던 인생 관문
무사히 지나가는 것이
힘들기는 한 모양인데
한 번이라도 못 본 모양이면
금방 죽을 것만 같은 표정들

지금껏 점수에만 미쳐 있더니
누구는 맞았다고 싱글벙글하며
누구는 찍었다고 시무룩하며
누구는 틀렸다고 울상이 되고

잘 보아도 못 보아도
말도 많고 탈도 많던 인생 관문
무엇 때문인지 무엇 때문인지
울상도 되고 기쁨도 되는
두 얼굴의 야누스가 되었을까.

쿠폰

물건을 살 때
값을 깎고 포인트를 적립하는
할인쿠폰이든
적립쿠폰이든

또는
종이쿠폰이든
전자쿠폰이든
먹는 것
입는 것
사는 것마다
깎을 수만 있으면

눈길 한 번 더 주고
손길 한 번 더 주고

잠시 망설임 끝에
먹는 것
입는 것
끝내 한 바구니씩 채우고 나면

양손 가득 물건을 들고 서서
남자는 쓸데없는 돈 낭비 때문에
여자는 더 깎지 못한 서러움 때문에
뒤끝을 품고 시시비비是是非非를 따진다.

혁신도시 가는 길

동틀 즈음 서울역에서
첨단고속열차를 탔다.

바람을 가르며
공간이동이 끝난 통도사 역엔
줄지어 기다리던
혁신도시행 전용버스들

쾌속으로
산과 산 사이를 날다가
네 바퀴 전용버스로
외곽을 돌아가야지만
다가서던 혁신 여정

덩그러니
외로운 건물들 사이
월요일 아침부터
타임머신은 거꾸로 돌았다.

도시민 생활

굽이굽이 산등성이를 돌고 돌아야지만
개수리 가는 길, 비탈길에 홀로 살다가
마포구 자이 아파트 단지 내의
비좁은 공터로 번지수를 옮겼다.

이사 오던 날에 허물처럼 벗겨진
발가락 마디마디를 내놓았어도
낯선 이방의 꽃들과 함께 어울려
머리부터 발끝까지
잠시 기쁨이 솟아올랐다.

하지만 내 곁을 돌며 울타리를 치던
백발이 쾡한 관리인의 한숨 소리
타향살이 서글픈 기억을 갈라내며
마음 속 깊이 눈물이 고여들 때에

집 없이 떠돌았다던 쪽방촌 세월
사글세의 허름한 도시민 생활에도
어느 새 흰머리가 수북이 날린다며
살아온 신세타령을 쏟아내던 날에

이제는 꿈이 되어 버린 해맑은 산과 들녘
까치도 참새도 찾아오지 않던 등하굣길
아파트 개구쟁이들의 신들린 아침 행렬에
망각 증세를 앓고 영양제 주사를 맞는다.

홀로 눈부신 하늘을 머리에 이고 서서
가지가지 푸른 솔잎을 키워냈을 전신은
병색이 짙은 암갈색 표피를 떨구며
등골을 따라 꽂아 놓은 수액 주사와
네 다리 버팀목에 겨우 기대어 산다.

선풍기

폭염 무더위에
머리에서 발끝까지 흘러내리던
땀방울의 행진들

책상 위에 놓여 있는
낡은 원형의 선풍기 한 대가
밤낮 쉬지 않고 열대야에 맞서며
힘겨루기 한랭전선을 만든다.

언제쯤 무더위를 몰고 온
고기압 전선들이
철없이 날뛰던 세력을 잃고
남으로 남으로 후퇴할런지

언제쯤 끝날지도 모를
무심한 이상기후 현상은
구름 한 점 없는 땡볕 하늘을 보며
먹구름 듬뿍 소나기 쏟아지던
그날을 그리워하며

불볕더위에 기대를 잃어버린
한여름의 막바지 정점에서
나선형의 날개를 타고 흐르던
시원한 바람의 촉감들

지금도 끝나지 않을 것만 같은
고기압 전선들
밤낮 나선형의 바람을 돌리며
밀어내기 한랭전선을 만든다.

축구 경기

매년 한강대교 건너
동작구 아이리그가 열리면
둥근 공을 쫓아 이리 뛰고 저리 뛰고

좌우 대칭의 골대를 향하여
상도동 팀과
대방동 팀의 전후반 밀당 게임

심판 휘슬이 힘차게 울릴 때까지
앞줄에선 종횡무진
뒷줄에선 고성남발

가끔 공 대신 정강이를 걷어차면
고의면 레드 카드red card
실수면 옐로 카드yellow card

관객들 환호 소리에 욕심을 내다보면
빗맞은 축구공은
뒤 그물로 흘러가고

코너킥 떠오른 공을
눈 감고 헤딩하면
제 집으로 들어가고

이렇게 전후반을 뛰다 보면
대표 선수 따로 없고
니 편 내 편 따로 없고

여기에다 넣어도 한 골
저기에다 넣어도 한 골
떠들썩한 관중석의 야유 소리

어둠이 내릴 때쯤이면
호흡 곤란증을 앓던 인조구장은
땀범벅이 되어 삼다수만 들이킨다.

가마솥

어떤 놈이 좋을지
머뭇거리다가

날씬한 압력밥솥
푸근한 보온밥솥

또는

몸값이 비싼 놈
몸값이 싼 놈

밥맛은 그놈이
그놈인 것을

투박한 무쇠솥에
손 간다.

문학 잔치

부르던 이름마다
누구는 시인
누구누구는 작가
무게감이 꼬리표를 달았다.

숨 쉬던 호흡마다
공간을 타고
심금을 울리던
옛 시인의 낭송

오늘은 문학 잔치 날
누구는 김 시인
누구누구는 이 작가
무게감이 꼬리표를 달았다.

제 3 부

현실 세계를 넘어

제부도

육지도 아닌 것이
섬도 아닌 것이
바닷길을 열고 닫으며

육지도 되었다가
섬도 되었다가
서로 만났다가
서로 헤어졌다가

은빛 광채 요란한
햇살과 바람과 파도 속에
몰래 감추어 두었던 바닷길

홍해를 두 갈래로 갈랐다던
모세의 지팡이는
바닷길을 열기 위해
밤낮 갯벌을 두드리는가 보다.

내 손이 할 일

무엇인가를 붙잡으려면
두 손을 내밀어야만 합니다.

아무것도 없는 시공 속으로
그저 붙잡지도 못하고
흘려 보낼 수밖에 없어도

손에 붙잡히는 것이 있을 때는
그것이 내 손에 붙잡힌 것이 아니라
내 손이 그것을 붙잡을 수 있도록
변화된 것임을 알아야만 합니다.

내 손이 붙잡아야만 할 그것을
붙잡을 수 있도록
변화된다는 것은

언제나
꿈은 공허한 시공 속에 놓여 있어도
그 꿈을 향해 뻗은 내 손들이
그것을 붙잡을 수 있도록
적응되어 있는 것입니다.

그래서
내 꿈을 붙잡지 못하는 것은
꿈은 그 자리에
그대로 있어도
그것을 붙잡지 못한
내 손들을 되돌아볼 일입니다.

옛꿈

잠시 품에 안겼다가 사라져 버린 옛꿈
오랜 세월 기억조차 없다가 문득 되살아나면

또다시 그 꿈을 품어야만 할지
아니면 미련 없이 포기해야만 할지

잠시 망설임이 치솟아 오르던 순간
옛꿈을 꾸었던 어린 시절의 동심들이

오늘의 내가 된 현실을 깨닫고 나면
또다시 어린 옛꿈들이 꿈틀거린다.

김밥천국

들어는 보았는지
내가 살던 신길동 삼거리에
천국이 있다는 것을

밥과 야채, 그리고 햄을 가지런히
김으로 둘둘 말아
한 입 크기로 잘라 내던 김밥 한 줄

한 덩이씩
입 속으로 집어넣으면
배고픔을 채우던 천상의 식감

배부른 귀신은 때깔도 좋다던
속된 옛말이
떡볶이, 만두에도 군침을 흘린다.

똥

뱃속 미로를
돌고 돌아온
그대는 누구인가요.

들어갈 때는
연녹색 물씬 풍기던
천연색 자연의 식감

뱃속 미로를 돌고 돌며
긴 기다림 끝에
해갈을 맞이하던 당신

연금술사의 몸에 붙들려
황금빛 들뜬 얼굴로
탈색의 미로를 지나왔어도

쉬이 환영받지 못할 신세
힘껏 폭포수를 쏟아내어도
달갑지 않던 욕 덩어리들

들어갈 때는 환영받고
나올 때는 버림받던
끝내 잃어버린 것밖에 없어도

욕먹어도 좋을 만큼
무시해도 좋을 만큼
끝내 버릴 것밖에 없어도

그대의 마지막 모습은
배설인가요.
순환인가요.

모기와의 전쟁

밤새 모기와 싸웠어요.
한여름 폭염들이
소나기 빗발을 뿌리며
계절을 갈아탔어도

외투의 옷깃을 세우며
겨울로 가던
서늘한 길목까지도
밤마다 헌혈했어요.

촘촘히 엮어 놓은
방충망을 뚫고
음침한 어둠의 골짜기에서
나를 기다렸어요.

살며시 다가와
연약한 살갗을 뚫고
뾰족한 깃대를 꽂고
재빨리 도망을 쳤어요.

깊은 밤까지도
귓가를 맴돌다가
두드러기 흔적만 남기고
새벽에는 사라져요.

나는 밤새
뒤꽁무니만 쫓다가
새벽이 밝아오면
늘 후회를 해요.

자정부터
내 몸을 내어 주었더라면
밤 새워 뒤척이던
성가심은 없었겠지요.

갈 길

언제쯤에야
나는
그 길 위에 서 있을까.

희끗희끗한 머리
쪼글쪼글한 피부

겉 사람은
늙고 볼품 없어도

속 사람은
거룩한 성품이 되어

언제쯤에야
나는
그 길 위에 서 있을까.

서서평

인생은
오직 성공뿐이라며
모두들 외치고 있어도

그녀의 일생은
성공이 아닌 섬김뿐이라며

천천히, 그리고
평온하게
낮은 곳을 향하여 걸어갔는데

왜 이렇게도 부끄러운지

그녀를 만난 이후
올라가는 길밖에 모르던 내가
낮은 곳으로 내려가는
그 길을 보았다.

절임 배추

뻣뻣한 교만이 죽어야지만
다시 사는 것은 쉬운 일이 아니다.
겉 사람이 뻣뻣하면 뻣뻣할수록
속 사람이 딱딱하면 딱딱할수록
변화되는 것은 쉬운 일이 아니다.

거친 풍파들이 저 물린 강물에
전신 입수를 하고 나면
칼날 같은 교만이 죽고 또 죽어가며
바위 같은 거만이 죽고 또 죽어가면
겁 없이 날뛰던 자아는
말없이 겸손해진다.

겉과 속을 휘감으며
소금끼 저린 물이 스며들면
칼날 같은 겉 사람도
바위 같은 속 사람도
왜 이리도
순하고 부드러운 것인지

끊임없이 죽고 죽어가야지만
제 멋을 풍기며 살던
겸손한 사람이 될 수 있다는 것을

자기 잘난 맛에 살았던
칼날 같고 바위 같던 자아自我는
전신 세례를 받았는지
언제부터인가 끊임없이
연한 웃음기가 사라지질 않는다.

퇴고

투박한 시가
수술대 위에 올라갔다.

뭉툭 뭉툭
잘못된 모습을 다듬고

싹뚝 싹뚝
중복된 문장을 자르며

잘근 잘근
어긋난 표현을 고치며

조밀 조밀
뒤틀린 문법을 바꾸면

전혀 다른 얼굴이
수술대 위에서 웃는다.

회개 1

버겁다!

평생 묻히고 씻어야만 할
묵직한 무게감

손해 볼 건 손해 보며
용서할 건 용서하며

바보처럼 살 걸

또 묻히고 씻어야만 할
회개를 향한 부르심

오늘은 그냥 넘어가나 했는데
주님께서 장기야 부르신다.

회개 2

태어날 때부터
내 안에
웅크리고 있는 것들이
더럽고 부끄러워

내 영혼까지도
물이 들까 봐 두렵고
안타까워

하나님 앞에서
부끄러움도 잊고
오늘도
수북이 토해 놓는다.

초점

십자가를 바라보며
뒤따라 걸어갈수록
의심만 가득 담기던 마음

또다시 길을 잃고
방황할 것이 두려워
한 곳만 바라보며 걸었는데

걷고
또 걸어야만 할
그 길 위에선

오늘도
자기 부인과 십자가를 지고
주님만을 보라고 하시네.

소나기 정경

짙은 먹구름 사이를 뚫고
총탄처럼 폭우가 쏟아지던 날
시간이 축 늘어진
카페cafe의 창가에 앉는다.

후둑 후둑 먹구름을 뒤흔들며
대형세탁기가 시동을 걸고
때 묻은 흔적을 씻기 위해
염리동의 소나기 정경을 낳는다.

온통 외관 위로
축축이 젖은 세안의 민낯들
순결한 외상外傷이 되어
춤추던 마트Mart의 전시대들

온 몸으로 씻어낸 만큼
벌거숭이가 된 미소들
탈수의 소용돌이 끝에
찾아든 도심 속 소나기 정경

잠시 불안감에 떨어도
회개가 쏟아지던 날에
염리동의 내 영혼은
한없이 은혜롭기만 하다.

공동체 퍼즐

천 개면서도 하나가 되려고
온 몸을 맞추던 공동체 퍼즐

조금씩 다른 모양을 갖고 있어도
모두들 제 역할을 감사하며
꼭 있어야만 할 그 자리를 지키고 서서
굳건히 나를 내려놓으며

한 형제자매라도
제 자리에서 벗어나 빈틈이 생기면
전체의 심장이 뒤엉켜 버린 듯이
뼛속까지도 시리게 하던 몸짓들

주 예수 그리스도 안에서
천 개가 하나가 되어
끝없이 시간과 노력을 쏟아 부으며
주의 영광을 부르짖으며 걸어가는 길

너는 내가 되고
나는 네가 되어

주의 나라를 꿈꾸고 나누며
천 개의 퍼즐이 하나의 지체가 된
예수 그리스도의 제자도弟子道를 세운다.

2017년 9월 14일

온누리교회 18기
예수제자학교를 이수하며 쓰다.

숨겨진 사랑

그보다
더 빛나면 안 된다는 말은
두 개의 보석이 빛을 발하며 함께 서 있지만
하나는 더 빛나야 하며
하나는 그저 그래야만 한다는 뜻일 게다.

하지만 감추어진 그 이유는
나를 드러내기보다는
겸손히 나를 죽여 나가며
나보다 그를 더욱 빛나게 하는 일

내가 섬김으로 낮아질 때
내 삶의 터전에서
그가 더욱 빛난다는 것을 안다면
그의 곁에 서서
이름도 없이
빛도 없이
풀잎사귀가 된 것처럼
꽃이 된 그의 곁에 서 있어도

나는 생명을 잃어가고 있어도
꽃처럼 빛나고 빛나던
그의 곁에 서 있다는 것만으로도
언제나 행복할 것이다.

그는 꽃으로 더욱 빛나고
나는 풀잎사귀가 되어 사라져도
끊임없이 끝없이
그를 바라볼 수 있는 감사함으로
나의 사랑을 지켜 낼 것이다.

선교

이미 누구는 갔고
지금 누구는 가고 있으며
또 누군가는 가야만 할 그 길

멀리 있는 길이어도
어디로 가야만 할지 몰라도

그곳을 향하여
사막을 건너고 광야를 지나며
날마다 죽어야만 했던 그 길

땅 끝까지 써내려가야만 할
사도행전 29장의 숨 가쁜 여백들
이제는 내 걸음 걸음으로
한 줄씩 채워나가야만 할 그 길

이미 누구는 갔어도
지금 누구는 가고 있어도
이제는 내가 가야만 할 그 길

그곳으로

아 - 아직도 복음 증거가 필요한
제 - 제가 솔선수범 찾아가야 할
르 - 르까프 신발 끈을 묶고 갈
바 - 바다 건너 중국을 넘어 갈
이 - 이제 불의 땅으로 가야만 할
잔 - 잔을 들고 함께 기도하며 갈

그곳으로
함께 갑시다!

한다.

궁금증

내 곁에 다가와 또 보자고 하면
그 일이 현실이 될 수 있을까.

이미 너와 나의 미래를
서로 확인한 것처럼

툭 던진 말 한마디가
마음속 확신이 되고

당신을 기다릴 것인지
미래를 기대할 것인지

내 곁에 다가와 또 보자고 하면
그 말이 믿어지는 것은 왜일까.

오직 주만이

나의 죽은 믿음까지도
이제는 생명을 품고 일어나
주님만을 예배하게 하소서
주님만을 예배하게 하소서

내가 사는 그 날까지도
주님이 원하시는 곳에 서서
나의 모든 것 내려놓고
주님만을 예배하게 하소서
주님만을 예배하게 하소서

내 영혼이 원하는 것은
주님만을 의지하는 것
나의 모든 믿음을 받으소서
오직 주만이
오직 주만이

나의 죽은 사랑까지도
이제는 생명을 품고 일어나
주님만을 찬양하게 하소서

주님만을 찬양하게 하소서

내가 사는 그 날까지도
주님이 원하시는 곳에 서서
나의 모든 것 내려놓고
주님만을 찬양하게 하소서
주님만을 찬양하게 하소서

내 영혼이 원하는 것은
주님만을 찬양하는 것
나의 모든 사랑을 받으소서
오직 주만이
오직 주만이